平和園に帰ろうよ

小坂井大輔

新鋭短歌

平和園に帰ろうよ＊もくじ

平和園に帰ろうよ

黄金色の炒飯

食べてから帰れと置き手紙　横に、炒飯、黄金色の炒飯

粉ミルク育ち

値札見るまでは運命かもとさえ思ったセーターさっと手放す

白葱を噛んだらぎゅるっと飛び出して来たんだ闇のような未来が

家族の誰かが「自首　減刑」で検索をしていたパソコンまだ温かい

メンズエステで脇毛に悩む人たちに講演していたすごい初夢

父の切る爪がぱちんと飛んできた箱根の5区の坂の途中で

届かずにわたしの後頭部に当たる誰かの願いを込めた賽銭

親戚の子供に舞妓さんが何故白いか聞かれて答えられない

ほくろから伸びてくる毛があきらかに太いわたしは太陽の子だ

トイレットペーパーの芯に指いれてなんだこの誇らしい気持ちは

喜んでほしくて食べた泥だんごなのに子供らみんな泣き出す

聞かれたらこう答えたい「職業は小坂井大輔です」と激しく

粉ミルク育ち、　と筆をうねらせて半紙を破ってしまう書き初め

スナック棺

おせっかいにうるさいなぁと返すのも減ってわたしと母に降る雨

宝籤が当たった人も即自害するような街で生まれ育って

閉まらない雨戸とフォークダンスする母に合わせて鳴らす口笛

ベランダの鴉に餌を与えない罪でおいしい水を飲みほす

株券が紙きれになる阿阿阿阿と居間で小さな父がのた打つ

『食べられる野草・山菜図鑑』手にスリッパで行く牧野公園

空き缶を踏みつぶす音　この親にこの子と決めた神のゆびさき

欲しいのは、彼女、ベンツに乗る人を消す杖、社長のふかふかの椅子

土下座したこともあるんだブランコに座った男の靴に踏まれて

頼んではいないピザ屋の配達が今日も来る夕焼けを背負って

護身用の武器として相応しくない玄関に立てられたなぎなた

金がそんなに偉いかちきしょうそんなにも偉いか　金が　金を　ください

親と交わした約束破り捺印を捺印を捺印をしました

わたくしは三十五歳落ちこぼれ胴上げ経験未だ無しです

ラガーシャツ着た父の写真ながめてた　落ちたね　今、雷が何処かに

ちらちらと腕のタトゥーを見せてくる姉の彼氏の前歯の黄ばみ

（なにが早く就職しろ、だ）ニラ玉と（この阿呆）酢豚とライスください

容赦ないってこれだ。星だった、降ってきたのは拳ではなく
最後いつも理由から掛け離れたとこで罵り合って立つここは崖
罵声　わけのわからん鉢植え　わたしへと飛んでくるもの達の残像

医師が書くカルテの文字が寄り添って相談しているこれからのこと

あれ　声が　遅レテ　聞こえル　死ヌのかナ　だれ　この　ラガーシャツ　の男ハ

棺のなかはちょっとしたスナックでして一曲歌っていきなって、　ママは

わたしのなかの進路指導の先生が死ぬなと往復ビンタしてくる
リーダーって感じの主婦の読経が綺麗だ団地に朝を塗りだす
無くなった。家も、出かけたまま母も、祭りで買ったお面なんかも

アパートは解体されてその場所に、鴉　しずかに陽が目に入る

車窓から眺める長閑な風景のなかにぽつんと見えたキャバクラ

サファリパークみたいに祖母が窓に手をかけて話をやめてくれない

次のかたどうぞ。の声に「あいっ」と言う　壁に気色の悪い蛾がいる

全身が恥部

肌着だけで歩くおじさん達を線で結びなさい　日本列島

傘で電柱を打ちまくっていればそこ一帯はのどかな町です

ご近所のお婆ちゃんがまだお婆ちゃんやってるなって思いはにかむ

膝裏に膝を押し当てられ派手に飛び散るランドセルと少年

鳩を捕らえるために前屈みになって両手を伸ばしている昼下がり

なぜ蹴って返さなかったのか素手がサッカーボールの土で汚れる

誰ですか陰でわたしをポエマーと呼んでいるのは謝りなさい

現実と夢の区別をするように歯茎から血がとても鮮やか

完成度の低い自主制作映画みたいだ日常なんてそうだろ

目を閉じて片足でゆらゆらしてるあいだに孤独がすごい集まる

どこにもいけないどこにもいけないどこにもいけない　全身が恥部

肘にできたかさぶたすごく愛しくて舐めようとしたけど届かない

へんてこな気分だお寺で洋楽を聴きながらフォーを啜る気分だ

生後間もない木魚の放し飼いをしていますが動きませんよほとんど

さすまたを持った職員たちがきて窓から飛び降りたのは、心です

よう寝とる祖父の喉仏が怖くその先端に塩をまぶした

望むのは劇的な死だ納豆をご飯にかける時に死ぬのだ

友達がご飯食わせてくれるかと隣の家からすごい声する
適当に相槌うってごめんあのどっかで質問混ざってたよね
さよならを告げるあなたの表情が踏まれた外れ馬券みたいで

むしゃむしゃぺっぺ

卓球の人がポイント取るたびにうるさい体育館を横切る

付き合っていただけますかと差し出してきたのが右手ではなくて、　笛

一冊のノートぜんぶに清楚って書いて汚した手を洗いたい

女子と書きサンクチュアリって呼ぶ夜明け男子は男子のままで死のうよ

三年間一度も試合に出なかった同士で部室掃除している

黒板消し一度も頭に落ちてこない教員人生なんてあるのか

柔道の受け身練習目を閉じて音だけ聞いていたら海です

一発ずつだったビンタが私から二発になって　進む左へ

玄関に大きな将棋の駒がある家の麦茶は濃くて嫌です

むしゃむしゃと夏を感じるひとときに種が邪魔してむしゃむしゃぺっぺ

第三のコースの人のクロールが道を外れて何処か行きそう

で、いちばん多いときからどれくらい減ったの優しい友達の数

戦争の体験談を聞きながら寝てすみませんはんにゃはらみた

ぼうっと光り輝きながら世界中のたて笛が浮く国ごとに違う高さで

ホルモン

始まりも終わりもひらたく背負わされめんどくせぇって言ってやれ、春

目を覚ますたびに神社の境内にいます彼女の膝で眠ると

行き先を尋ねても無視する虫の行進を木の枝で阻止する

自作のそろばん十級音頭でリビングを踊り散らかす時のしあわせ

ミルフィーユこぼさず食べる見てなさい大人の本気はおもろいでしょう

雨の音をアプリで買って聴いている晴れの日こんな午後に死にたい

テレビ越しに変に確信した今日のトランプ大統領の匂いを

もし窓があれば夜景の美しい焼肉屋で燃えあがるホルモン

靴下のゴム痕くっきり足首に残って過去は過去だ前向く

頭洗っているとき不意に怖ろしくなってあああと叫ぶ暗がり

おまえの誕生日に得点決められる仕事に生まれ変わったら就く

顔らへんふわり

不思議なほど冷静だ待ち合わせ時間とっくに過ぎているが歩こう

信号機にもたれて眠る花束を本能が見ることを許さない

乗車位置ではないところに立っているわたしの後ろに出来た行列

ペットショップの檻からのぞく犬の目が訓練されていたら嫌だなぁ

初めてのお店でいつもの頼むねと言ったら出てきた鮭の塩焼き

わからないわからないけど顔らへん納豆の糸顔らへんふわり
たんぽぽの綿毛に息を吹きかけるわたしに騙されるなわたし
警官に羽交い締めされてる人があーって叫んだあとの静寂

作者がなんとロダンだと知りご近所のただの全裸がかがやく日暮れ

別れ話とわかっていたら頼んではいなかったたレモンスカッシュが来る

死ねって叫びたいとき逆に生きろって叫べば商店街に春風

ファイティングポーズ

借金癖が治らないねと渡された千円札で払う吉野家

ひとりふたり路上で眠る男らのチャームポイント探す旅です

「花です」と言い張っている中身だけ抜かれた財布が地に張り付いて

吸い殻を拾い集めているおじさんエコですねってなんだ吸うのか

ふと思い立ってルーペで蟻を見る踏み潰される瞬間すげぇ

果物屋の跡継ぎ配達車のなかでぼーっとしていて　割れそう

やる気ないなら帰れと言われて帰る奴みたいな午後に公園で寝る

たまに頬に生ハムのっけてみたくなることもあるでしょ人間だもの

駆けてゆく天狗のような浮浪者の足の裏ものすごい真っ黒

うまい店まったく知らないタクシーの運転手とする恋のお話

会うたびに何が欲しいか聞いてくるおじさんの歯茎もこんなんでした

店員が襲ってこない距離感でマネキンと同じポロシャツ探す

口元を隠した女性ばかりいる写真の前で息を止めてた

路上で詩を書いてる人の筆先の奥のクロックスやたら汚い

「もう無理」で始まる手紙にルマンドのカス入れてきたきみは悪党

満席の車内でわたしの太ももに座らないかな運命の人

小走りでさっき「やぁ」って通過したあれが死神だったらしいよ

終点で駅員さんに揺さぶられ咄嗟に構えるファイティングポーズ

夜、いちばん愛より遠ざかっているマンホールの鉄蓋のつめたさ

真夜中にどん兵衛食べたくなる時の気持ちが人間らしくていいね

愛欲は死ね

お付き合いど突き合いからなんてのもあるので母よ出しゃばるでない

しゃしゃり出てくんなと言われ枝豆を無心で食べるコンパ楽しい

手羽先の食べかたみとりゃあこうやって持ってくわえて引き抜くんだわ

ぶりっ子かどうかは雪が降り出したときに見上げる顔でわかるよ

起こさないようにそおっと腕を抜くまでが腕枕だよ、　廣野くん

正解はAの「必ず会計の時にトイレに行くやつ」でした。

持ちあげたグラスの底におしぼりの袋がついてる愛欲は死ね

汚れた天使

大胸筋動かしながら大家へと家賃を払い春を受けとる

「実家の犬の名前がまたもベルです」と姉からメールが久々にきた

自転車のサドルになって考える知らなきゃよかった事ばっかりだ

部屋の角に溜まる埃を友達がなんだろなって顔で見ていた

つけ麺と油そばとの違い図に記すあなたの頬を張りたい

雨を降らせるひとが目覚める夕方に小佐野彈から届く月餅

一万円ですかと弱った声を出す運転手と聞くハザードの音

国士無双十三面待ち華やいで進むべき道いつか間違う

限度額いっぱい心の預金から引き出し笑うキャバクラはつまらん

青春って煙草があるのにライターがないような日々が続くことだろ

違うひと思い浮かべてした後のドレミファソラシドみたいな嗚咽

お茶碗とお椀がぴたっと重なって外れないのも愛の仕業かい

おやすみをしたのに君はログインをしてるね汚れた天使みたいに

この折れ線グラフが下に向かったらわたしは借金まみれなんだな

検問突破

わたくしは夢の中では清らかで町内の犬を全部逃した

シャッフルで流せば気に入らない曲のオンパレードで部屋に謝る

消費期限三日過ぎても生牡蠣は生牡蠣ほんとは逃げているだけ

パリ・ダカール・ラリーの響きが昔から好きだけどパリ・ダカール・ラリーってなに

札束をチラつかせたら簡単になびくと思っていたか（裏声）

マッキーの細い太いの両方のキャップを同時に捨てる覚悟で
一度しかたぶん通用しないけど白鵬に勝つ技があります
検問を突破してゆくボロボロのｂＢあきらめたい夢がある

生涯に見る夢すべて繋げたら映画になる神様の計らい

みんな生きたい

愛昇殿より出てくる喪服の人たちの連なり月の下でだるそう

もう一度初めから流れるの待つ電光掲示板のニュースを

注文と違う料理が運ばれてきたことそれを食べてきたこと

「出来上がり」ランプが灯るまで中の液体はまだコーヒーじゃない

甥っ子に五十メートル何秒と聞かれた喪服ばかりの部屋で

目に映るすべての景色が詩なんだよわかるか、　なぁ、　火ぃ貸してくれるか

お辞儀した時に地球を撫でていたマフラーの先みんな生きたい

喪主がボタンを押す瞬間の表情が見たくて前に少し動いた

退会のボタン

オムライスが自慢の店の上に住む吉田はオムライスを作れない

堕落するために職探しに励む仏間はひとりでいると明るい

世の中は金だよ金、と言うたびに立ってる焼け野原にひとりで
おれはおれを創造していく作家だと両手を広げわめき散らした
Facebookでむかしの恋人探したら伸びてくる特別な毛がある

警察24時で暴走族が持つバットがイチローモデルと気付く

祖母が遺していった薄手のシャツのなかでペイズリー柄がまだ動いています

ごめんなさい。やっぱり違うとウエディングドレスのままで走り出すのか

深夜のドンキはフィリピン人の奥さんを連れたおじさん達のお祭り

店内を試し履きして歩くとき周りの靴は星に見えるね

角という角をヤスリで削りたい無理なら食べ放題をなくしたい

広告の裏にむちゃくちゃ書いていた言葉を世界は詩と呼ぶのだろう

退会のボタンが見当たらない通販サイトのような僕の人生

そこのくちびる止まりなさい

袖で鼻水ぬぐえばシンクロニシティがすべての十四歳と始まる

突然の避難勧告だったのでメリケンサックだけを持ってた

母親が手押し車を欲しがる日なぜか生あくびが止まらない

すね毛全部剃って出かける男だろ男だろって泣くよ男も

ひとつ何かをあきらめるたびに錆びてゆくわたしの身体中の関節

昨夜見た刑事ドラマの真似をして腰くらいある手すり飛び越す

止まりなさいそこのくちびる止まりなさい路上接吻禁止地区です

ありとあらゆる部分を使い自販機のボタン同時に押せよ　叶うぜ

小三の頃と変わらぬイメージで二重跳びしたことが間違い

スケートの選手がスタート待つ時の構えで老後を待っております

飛んでくる石

嘘をつきすぎると神から警告の意味でこけしが代引きで来る

わたしならホクロがむちゃくちゃある方の占い師を最初から選ぶね

もうダメだと思った時に読む本が平積みされてる日本の昼

あの時に反撃すれば勝っていた昨日の喧嘩を思い出してる

違和感があるんだ流行りのポップスを演歌の人が歌うくらいの

ノミひとつ手にして森へ行くちょうどいい木を観音様にしたくて

何事もやってみなさいソーセージ袋つるつる歯で捻じ切って

間奏で女性の悲鳴が薄っすらと聞こえるＣＤばかり集めた

言いかけてやめる日暮れに押し寄せるザトウクジラのような感情

犬の糞を入れた袋をひったくられなんて美しい世界なんだろう

誠実なわたしも例外なく感知するのね玄関先のライトは

並ばされおおブレネリを歌わされ全方角から飛んでくる石

腹話術を終えて置かれた人形が意思でやらなくなったまばたき

最後尾はコチラと書かれたプラカード持ったことある人だけが知ってる

ちょっとオレ他界してくるわって顔していた祖父のように逝きたい

自転車のカゴを理想のかたちへと押し戻してるときに轢かれた

え　わたし　最後は灰になる　の　とか　嫌かも　すっごく　それは嫌かも

わたくしが死んでも差し替えとかなくて激安スーパー特集はある

この霊は眼鏡を発明した方の子孫らしくてちゃんと礼する

死んでいるぼくのからだをゆびさして「あれが僕です」と受付で言う

平等な世界

立て札に「この先キケン」と書いてあるじゃあ今までの道はなんなの

スキャンダルまみれの僕が玄関を出てもカメラマンとかいません

アウディがペットボトルを踏み潰す音が銃声みたいで怯む

さっきまで台湾ラーメン食べていたやつが自殺をすると思うか？

どうだっていいこと叫びたい今日も夜がきちんとやって来たとか

選挙前になると必ず電話してくるやつが三人くらいおります。

不正した人に代わって繰り上がり当選しちゃった人の万歳

平等な世界を望むわれわれに大きく立ちはだかる由美かおる

ささやかな抵抗としてえいえいおう利き手ではない方でやってる

庶民の意地だ

熟睡したオヤジが熟睡していないオヤジに凭れる朝の地下鉄

三畳一間の部屋にグランドピアノ置くような不安が漠然とある

下の歯が二本しかないおっさんの声よく通る名古屋競輪

昼間から酔っていますがこのようにスキップ軽やかに出来ますわ

カロリー０の春雨ヌードル啜ってるＯＬを舞い上げる竜巻

カフェのテラスで自己啓発本読むやつのバイブレーション手で跳ね返す

株高の恩恵もなく暮らしてる庶民の意地だこれが昼寝だ

分別をする手を止めて自分ごと入った燃えるゴミの袋に

落ち葉ぱちぱち燃えて焚き火のなか眠る焼き芋なんだか人を辞めたい

ママチャリでロードバイクを抜き返す泣いたら強いんですよわたしは

ほぉら殴ってみろよと頬を突き出してくるヤンキーのように悲しい

食べるラー油やさしく抱きしめるラー油おまえが必要だとか言いてぇ

味噌汁の残りを三角コーナーに流して勇者に今なりました

今まさに取調室で冤罪を晴らしている人達よがんばれ

禿げるならハートの形に禿げさせてください神様目立ちたいので

わたしが信長だったら国会議事堂をとっくに焼き払っていますよ

寝付けずに布団から出て腹筋をしている深夜二時の反抗

虎と目が合う

ハンドルを切るとき不意にあらわれる逆手に青く光る血管

母親のとても小さなスリッパを履いてそのまま海に来ている

忘れさられる記憶ばかりだ砂浜に粉々にしたビスコばら撒く

フリスビー投げても犬が走らない神様見捨てないで下さい

送られてきたのが手紙ではなくて毛ガニだったらなってことです。

パチンコ屋の開店を待つ人達の列は何かの導火線だな

記憶って美しい雨さようなら島木譲二のパチパチパンチ

ケネディがオープンカーで移動するYouTubeまだみんな笑顔で

わたしの顔のお面をつけた幼子とすれ違う天国の祭りで

祖母の棺に誰かが入れた美しいタイガーバームの虎と目が合う

抜かれた舌が一度おおきく弾むのを待ってる閻魔様とスタッフ

手のひらで殺る

自己啓発セミナーで泣くおっさんとおばさんとおっさんとおばさん

挙手制でお願いしますはいそこの顔蹴っ飛ばされたことのある人

マジっすかそうなんですか初耳の三つの言葉だけで暮らしたい

年収を記入する欄だけ書いてないけど周りの人はどうだろう

インド人にスープカレーを食べさせて見ている人生は喜劇

目隠しをされた女性がゲラゲラと笑っている米粒の奥底

お客様杖を忘れていますよとその杖をつきながら出て行く

やった美人だラッキーみたいな感覚が過去に何度もあった気がする

過払い金請求の文字蠢いて頭突きしたくなる満員電車

たこ焼きを歩き食いする人たちの後ろに続き法螺貝を吹く

すれ違う全ての人の遺影写真思い浮かべて暇を潰した

うつ伏せになってるキューピー人形が笑顔だという確証はないから

まだ実は始まっていない人生と決めて豆腐を手のひらで殺る

おいでおいでの動きキモいと妹に言われる即刻猫ブーム去れ

蛇を首にかけた写真があるといい母は自分の部屋に戻った

毛根ごと抜けた髪の毛だけ別の容器に入れて肥料あげたい

あんた地獄に落ちるわよって叫んでた細木数子のような雷鳴

日本にできる軍隊

急に歯が磨きたくなる真昼間の国会中継まるでお芝居

聞きたくない総理のアイムソーリーというギャグどこへ行くの戦車は

なんということでしょうか、とヘルメット押さえる記者が木を跨ぎ行く

田原さんが朝まで生テレビでちょっと待ったと何回言うか見ている

母親のバニー姿を見るように悲しい日本にできる軍隊

夜のデニーズ

二十年ぶりの同窓会で歯が輪になる好きな人の歯もいる

カッとなりたまたま持っていた恋のような鈍器で殴ってしまう

リーチ一発あなたに出逢えた偶然に感謝している数え役満

友達が手取りで三十万円とおっしゃっていてあばばぶぶぶぶ

箸で割る小籠包からあふれ出る肉汁いつも今を生きたい

だれも見ていない所で知恵の輪を無理矢理引っ張っていて泣きそう

電話機の中でコインが落ちる音おそろしいほどリアルだったよ

頂いたシュークリームが父親の膝に似ていて直視できない

大雨のなかを力士が自転車で走る全員メガネかけてる

ビックカメラのテレビ売り場の全画面で暴風に耐え喋るレポーター

星屑のようなクズならうれしくてリンダリンダを爆音で聴く

飲む前に言うだろ普通玉ねぎの皮を煎じて出したお茶なら

たらちねの母が眺めるおそろしき無料脱毛コースのチラシ

読んでいる朔太郎の詩につぶ餡が落ちて新たな世界開ける

マジレスが来たので眠りますここは私の独裁国家ですので

ブルータスおみゃあもか、 って婆ちゃんに朗読させたらなるんだろうな

美顔器を売りつけてくる木村の友達と木村伊織と夜のデニーズ

たましいが土地です肉体が家です気持ちは湯船に浮かぶアヒルです

小さな穴

レジの金盗んでバイトをクビになる夢から覚めいや覚めてないのか

汗に「た」が混ざり滴り落ちてくる　たたたたたたた誰かたすけて

家出してヤクザになって獄中で牧師になれば（じゃじゃじゃじゃじゃじゃじゃじゃーん）

怒るときげんこつに息吹きかけるおじさん絶滅しちゃったかな

わかさぎ釣りしている人が連なって空の小さな穴に吸われた

正論をバケツいっぱい汲んできて頭からぶっかけてやったよ

苦しいと狂おしいってよく似てるあめあめふれふれもっともっとだ

椅子に座ったおれごと大外刈りをした警官のおかげで今があります

ちまちまとやってられねぇから今日は線香花火ぜんぶ燃やすよ

おびただしい数の天狗が電線に立って読んでる遺書らしきもの

猪木のビンタ

そんなにも切手舐めなくてもちゃんと貼れると教えてくれた恋人

ああ言えばこう言うわたしの口に手をねじ込むあなたが好きであります

偶然に石ころ蹴って、おっ、て下向いたその顔がよかった。

アントニオ猪木にビンタするような恋愛を死ぬまでにしたいね

試合中ブラ引っ張って審判に何やら喚きまくるシャラポワ

日常という崖にまだ中指の第二関節だけで耐えてる

藁人形呪いセットに関連の商品として出てるトンカチ

お刺身の上にのってるタンポポも食べた童貞喪失の夜

やっぱり君が作ってくれる天麩羅は世間でいう唐揚げじゃないかな
あなたが渡りきったらレッドカーペット巻く係として側にいますよ
二十年前のズボンが履けますか世界と今向き合っていますか

擦り切れたビデオテープのなか走る井手らっきょいつまでも全裸で

お風呂場の床でシャワーが暴れてて許されないことばかりやりたい

すんませんもうしませんと謝って「前も言ったよね」のとこで泣く

ベイビー

流し台の茶碗汚れたまま今日が明日へとスライドしてるおはよう

布団から這い出て畳を転がってテレビまで行く時の無敵さ

伸びきったパンチパーマが森のよう　遍路　ＵＶケアー　１円

限界になるまで行きたくない歯医者　うどん　やさしい　うどん　さみしい

縦笛を吹きながら歩く少年の見事に力の抜けたチャルメラ

まな板の上のキャベツに包丁をぶっ刺したまま女は逃げた

エロじじい出てこいやぁって声がしてではない僕はハーブティー飲む

お隣の家のテレビのリモコンを受信しだして今はミヤネ屋

小錦が痩せた話を薔薇風呂に浸かっているときにしないで

履歴書に産まれる前の職業も書いた風吹く草原で寝る

本来であればアーティストの俺が履いてるニッカポッカぶかぶか

何ひとつ成し遂げられずに生きてきたランキングがあるならば一位だ

愛のかたちを生保レディーに教わってフェスティバルと生き方は同意語

なにも主張することがないデモ隊が無言で歩道を渡る夕暮れ

軍艦から落ちるイクラを救助するわたしが日本のためにすること

生まれつきガーターに合う球状の僕が落ちるべくして落ちたガーター

しつこくしつこく語尾にベイビーつけてくる田中をタクシーに押し込む

まいっか（笑）で全て無かったことにしてデへへで締める古井戸立子

友達と知り合いの差がわからない木っ端微塵にしたいビル群

だれの真似かわからないけどコロッケの顔よく動く夜のめでたさ

おれもテフロン加工してくれ困難で焦げつく身体だから頼むよ

すがりつきたい

相槌を「うん」とか「へぇ」とか「ひゃわわ」とかタイミングよくいれるプロです

まままっやややややっあいやここは私に支払いさせてください

味噌汁になめこをいれる余裕すらないうちは働けってことです

ちがうよ、あれは、進撃しない巨人〈まだナナちゃん人形の前?〉そうだよ。

革ジャンは着る瞬間がかっこよく何回も着る瞬間をやる

約束の一日前に待ち合わせ場所に来たけど誰もいません

チャゲはもうチャ＆ゲでやり直せ赤飯いっぱい炊いてやるから

カズダンスみたいに見えるだろうけど無数の地雷を避けているだけ

生まれたということそれは世界という大きな詩の一篇になること

亡くなった友のツイート「甘すぎるすき焼きうぜぇ」のままで動かず

歯を出して手招きをする呼び込みの男の蝶ネクタイに銀蠅

れいか、かほ、かのん、そら、のあ、キャバ嬢の出勤しまぁす♡メール消し去る

深夜の錦でオカマに太もも触られるミッションたのしいことが正義だ

靴底の削れかたからみてあなた内股ですねと言われ驚く

コンビニの冷蔵庫から手にとったいろはすの場所を埋めるいろはす

借りたのは三十万円だったのに利子がついてて咲くシクラメン

阿呆ではないと叫んで飛びかかるその後はもう祭りだったよ

冬の陽だまり電信柱に金貸しのフリーダイヤルすがりつきたい

目的地周辺ですが案内を中止しました目を開けなさい

解説　聖地の始まり

加藤治郎

ここに四冊のスケッチブックがある。ここ平和園の来訪者の記名帳だ。タイトルは「炒飯と餃子と唐揚げ」である。最初の赤い一冊は「使ってくれたらいい」と外川菊絵さんが用意してくれたという。

今現在、約三〇〇名の名前が記されている。多くは歌が詠まれている。書かずに帰った人もいる。実に多くの歌人が訪れたのである。

来訪歌人を挙げると、山田航、石川美南、堀田季何、堀合昇平（サンパウロ）、野口あや子、谷川電話、石井僚一、立花開、嶋田さくらこ、辻聡之、廣野翔一、山川築、楠誓英といった若い世代から、江戸雪、東直子、荻原裕幸、伊藤一彦、内藤明、玉井清弘、鈴木竹志、田中徹尾となると、一体ここは何なんだとなる。平和園は「短歌の聖地」と呼ばれて久しいのである。「短歌研究」二〇一八年四月号で「不思議な歌の国・名古屋」という特集が組まれた。その第三部に「漫画『平和園の謎に迫る』」が掲載された。短歌総合誌の特集としては異例のことである。

空前絶後と言ってよい。荻原裕幸の連作「誰かが平和園で待つてる」が火付け役になったことは明白であるが、この特集で不動の王となったのである。

「なーんで歌人が集まるように？」という土井ラブ平さんの質問に小坂井大輔は答えている。

「知らないですよー　昨年あたりからぐぐーんと盛り上がっちゃってー」

ここをもう少し聞いてみようと思ったのである。二〇一九年二月十二日、私は平和園にいる。唐揚げと焼売とビールを頼んだ。小坂井と一緒に食べる。インタビューである。

◯

大学時代の小坂井大輔は友だちがいなかった。法学部の学生だったが、講義にはあまり出ない。サークル活動も、ゼミもなく、何をやっていたんだろうと思うばかりである。ときおり、平和園のホールの手伝いをしたり、パチンコをしたりというダルな日々だった。

大学を卒業して、二十三歳で平和園の仕事に就いた。その後も普通の日々であった。転機は三十歳のときにやってきた。

このまま終るのは嫌だ！　自分は何かできるという根拠のない自信はあった。「読んでいる人」を集めようと思った。二〇一三年、名古屋 de 朝活読書会を主催した。会社員が出勤する前の午前七時から九時の時間帯である。小坂井にとっては仕事帰りだった。

この読書会に戸田響子が来たのである。戸田は、穂村弘『短歌という爆弾』を読書会に持ってきた。小坂井は短歌と出遭ったのである。読書会がなければ、戸田響子がいなければ、短歌の聖地平和園はなく、この歌集もなかっただろう。

それから「かばん」への入会、東桜歌会、中日文化センター「短歌のドア」への参加、そして、未来短歌会入会と続く。こういうことだから、最初に平和園を訪れた歌人は、戸田響子ということになる。次に来たのは、小佐野彈だった。「かばん」の同期である。台湾からやってきたのだ。

平成のをはりに食めばどことなくほぐれやすいと思ふ雲呑　　小佐野彈

これは、後の二〇一八年十二月の作品である。平成という時代を雲呑で語るとは力技である。さて、徐々に歌人が集まり始めた。最初に「炒飯と餃子と唐揚げ」に記帳したのは、千種創一である。二〇一六年二月十四日。第一歌集『砂丘律』の批評会のあと、何人か平和園に立ち寄ったのだ。

銅と同じ冷たさ帯びてラムうまし。どの本能とも遊んでやるよ　　千種創一
平和園で平和にごはんを食べている天然色のバレンタインの　　阿波野巧也

2月という曲で始まるアルバムをソース焼きそば待ちながら聴く

土岐友浩

批評会の緊張が解れた感じが伝わってくる。この日を機に、奥の十五人ほど入るテーブル席で歌人の懇親会が開かれるようになったのである。

今日は、歌集の取材のために来ている。最初は、廣野翔一と二人で来た。その様子をツイートしたら、すぐさま「加藤治郎とラーメン食ってる場合か」という反応があって、面白かった。二〇一五年十二月十六日だった。その後は、イベントの後に来るばかり。サンパウロから一時帰国した堀合昇平を囲む会、書肆侃侃房・田島安江さん感謝の集いなどそのときどきの皆の顔が思い浮かぶ。そういうわけで、一人で来るのは今日が初めてなのである。

インタビューが終ってソース焼きそばを食べていると、ひょいと野口あや子が現れた。久しぶりだが、元気そうだった。ひとしきり「ニューウェーブ」について語り合う。ここはそんな場所なのである。そのうち野口あや子が踊り出した。それは自然な振る舞いだった。

○

「平和園に帰ろうよ」と言うとき、あなたは名古屋駅西口の中華料理店を思い浮かべるだろうか。そこは母なる故郷なのかもしれない。現実には何処にもないユートピアなのかもしれない。そこではだれもがみな気ままに振る舞える。みな許される。咎められたり、袋叩きに遭うこともない。

値札見るまでは運命かもとさえ思ったセーターさっと手放す　「粉ミルク育ち」

白葱を噛んだらぎゅるっと飛び出して来たんだ闇のような未来が　同

家族の誰かが「自首　減刑」で検索をしていたパソコンまだ温かい　同

棺のなかはちょっとしたスナックでして一曲歌っていきなって、ママは　「スナック棺」

一発ずつだったビンタが私から二発になって　進む左へ　「むしゃむしゃぺっぺ」

退会のボタンが見当たらない通販サイトのような僕の人生　「退会のボタン」

スケートの選手がスタート待つ時の構えで老後を待っております

「そこのくちびる止まりなさい」

相槌を「うん」とか「へぇ」とか「ひゃわわ」とかタイミングよくいれるプロです

「すがりつきたい」

なんて気ままな世界なんだろう。商店街の空気がある。等身大の位置からの視線である。そしてちょっぴり情けない。

値札を見て運命を手放すことが人生なんだ。白葱のあの奇妙なものと未来が重なるのは私だけではないだろう。世界の隅っこにあるのだけれど、これほど強烈な実感はない。怖ろしいものを言い当てたものだ。家族だって安泰ではありえない。「自首　減刑」が目を射抜く。ビンタが何で私から二発になるのか。不条理は日常の至る所にある。

そういう晩に私はつぶやく。「平和園に帰ろうよ」と。ほかの誰かもそうつぶやいている。

二〇一九年三月二日

あとがき

名古屋駅から西へ五分ほど歩いていくと、駅西銀座通りという商店街があります。派手な名前とは裏腹に、少し寂れた商店街で、そのなかに噂の中華料理「平和園」があります。

最近、短歌界隈で短歌の聖地だとかなんとか言われている平和園ですが、大丈夫、わかりますよ、なにが聖地だ！　ふざけるな！　とダンプカーで私の自宅に突っ込みたくなったり、焼きたてのナンで顔を引っ叩きたくなったりしているのでしょう。ですが、ちょっとだけ話を聞いてください。この平和園という中華料理屋は、昭和四十七年に私の父親がやり始めた中華料理屋さんであり、私の実家であり、私が育った場所であり、私の現在の職場なのでございます。お分かりいただけたでしょうか。

では次に参ります。平和園の料理の味についてですが、中国の広東料理がベースになっています。広東といえば温暖な地域でありまして……と、このベースで書いていくとあと五〇〇ページくらい使わないと「私と短歌との出会い」という章に辿り着かないので、残念ですがこの辺でやめておきます。

ちょうど今、名古屋競馬場のスタンド席にいます。スターターが台にのぼり、赤い旗をふりました。ファンファーレが鳴って、各馬ゲートに収まります。スタートしました。

大きく出遅れた馬が一頭いて、あっ、と思った瞬間、後ろから、

「馬鹿やろおおおおおおおおおおお！」

という、おじさんの怒鳴り声が聞こえてきました。おそらくこの場所も、世界という大きな詩の一篇なのでしょうね。おもろ。

最後になりましたが、監修の加藤治郎さん、書肆侃侃房の田島安江さん、未来短歌会、歌誌「かばん」のみなさま、最高にCOOLな装画を描いてくださった鷲尾友公さん、荻原裕幸さん、東桜歌会のみなさま、夜な夜な短歌コミニュティのみなさま、地元のアホな仲間たち、そして平和園に足を運んでくださった全ての歌人のみなさま、心より感謝いたします。

そしてこの歌集を手にとってくださった皆さま、本当にありがとうございました。また、平和園でお会いいたしましょう。

小坂井大輔

■著者略歴

小坂井大輔（こざかい・だいすけ）

1980年、愛知県名古屋市生まれ。
「かばん」会員。「未来」短歌会会員。
RANGAI。短歌ホリック同人。
2016年、「スナック棺」にて第59回短歌研究新人賞候補作。

「新鋭短歌シリーズ」ホームページ　http://www.shintanka.com/shin-ei/

新鋭短歌シリーズ48
平和園に帰ろうよ

二〇一九年四月五日　第一刷発行
二〇二〇年六月六日　第二刷発行

著　者　小坂井大輔
発行者　田島安江
発行所　株式会社　書肆侃侃房（しょしかんかんぼう）
〒八一〇 - 〇〇四一
福岡市中央区大名二 - 八 - 十八 - 五〇一
TEL：〇九二 - 七三五 - 二八〇二
FAX：〇九二 - 七三五 - 二七九二
http://www.kankanbou.com　info@kankanbou.com

監　修　加藤治郎
装　画　鷲尾友公
DTP　黒木留実
印刷・製本　株式会社西日本新聞印刷

ISBN978-4-86385-361-4　C0092

新鋭短歌シリーズ

好評既刊 ●定価：本体1700円＋税　四六判／並製（全冊共通）

［第１期全12冊］

1. つむじ風、ここにあります
木下龍也

2. タンジブル
鯨井可菜子

3. 提案前夜
堀合昇平

4. 八月のフルート奏者
笹井宏之

5. NR
天道なお

6. クラウン伍長
斉藤真伸

7. 春戦争
陣崎草子

8. かたすみさがし
田中ましろ

9. 声、あるいは音のような
岸原さや

10. 緑の祠
五島 諭

11. あそこ
望月裕二郎

12. やさしいぴあの
嶋田さくらこ

［第２期全12冊］

13. オーロラのお針子
藤本玲未

14. 硝子のボレット
田丸まひる

15. 同じ白さで雪は降りくる
中畑智江

16. サイレンと犀
岡野大嗣

17. いつも空をみて
浅羽佐和子

18. トントングラム
伊舎堂 仁

19. タルト・タタンと炭酸水
竹内 亮

20. イーハトーブの数式
大西久美子

21. それはとても速くて永い
法橋ひらく

22. Bootleg
土岐友浩

23. うずく、まる
中家菜津子

24. 惑乱
堀田季何

［第３期全12冊］

25. 永遠でないほうの火
井上法子

26. 羽虫群
虫武一俊

27. 瀬戸際レモン
蒼井 杏

28. 夜にあやまってくれ
鈴木晴香

29. 水銀飛行
中山俊一

30. 青を泳ぐ。
杉谷麻衣

31. 黄色いボート
原田彩加

32. しんくわ
しんくわ

33. Midnight Sun
佐藤涼子

34. 風のアンダースタディ
鈴木美紀子

35. 新しい猫背の星
尼崎 武

36. いちまいの羊歯
國森晴野